孩子的第一次中醫體驗

U0114858

不怕刺刺的小刺蝟

第一次針灸

柴狐醫師　圖／文

園丁文化

推薦序

在我們成長的過程中，總會遇到各種新鮮的事物和經歷，而針灸治療也是其中之一。對於從未嘗試過或即將接受針灸治療的小朋友來說，這可能是一個陌生而令人緊張的經歷。我相信，這本繪本會成為一個温暖地陪伴小朋友的角色，幫助他們更好地理解和應對針灸治療。無論是在家庭中還是在醫療機構中，這本繪本都將成為小朋友的良師益友。

李紅 博士

香港浸會大學中醫藥學院 首席講師

此繪本是坊間少有能針對幼童在接受中醫治療時心情的童書。毫無疑問，不少家長對於如何向孩子解釋中醫的治療過程感到困難。胡醫師能在故事中以幼童角度出發，描繪幼童對第一次針灸的恐懼，以及提醒父母可以如何協助孩子舒緩情緒。閱讀此書，你會感受到胡醫師是一位温柔、願意與孩子同行的醫者。

Ms Wincy

言語治療師

從前，我常笑說胡凱淋醫師是一個傻氣女孩，什麼也不懂……除了中醫技術。現今社會就算醫學也需要商業包裝，這些胡大夫都不注重，加上她一臉天真的童顏，讓我曾一度擔心她能否生存。結果她不僅能夠生存，更運用她的一雙手祝福了無數孩子。其實世界需要的可能就是這種只抱着赤子之心，對醫學充滿執着的大夫。願這一本繪本，讓你及孩子對中醫都能有另一番可愛的理解。

林雲峰

香港催眠輔導中心創辦人
亞洲催眠治療及輔導協會創會理事

給家長的話

有些父母要照顧有特殊教育需要（SEN）的小朋友，SEN 的情況包括：自閉症、專注力不足、過度活躍症（ADHD）或整體發展遲緩等。父母不希望利用精神科藥物來控制小朋友的情況，或者他們想減輕藥物對小朋友造成的副作用，於是便輾轉尋找新方法，到中醫求診，嘗試讓小朋友進行針灸治療。我在臨牀上接診過不少 SEN 小朋友，為他們進行診治及針灸，改善狀況。當中，很多小朋友一開始都非常害怕和抗拒針灸，需要千方百計讓他們接受針灸治療，可謂動之以情，說之以理，誘之以利。

為此，我創作了這本關於小朋友第一次接受針灸治療的繪本，我希望透過這本繪本，能讓那些從未嘗試或即將接受針灸治療的小朋友，更加了解針灸過程。同時，我也希望這本繪本能夠引起他們的共鳴，幫助他們克服針灸治療帶來的恐懼，並給予他們鼓勵，陪伴他們走過這段旅程。

這本繪本對我來說是人生中的第一本書，它能夠順利出版，我需要感謝身邊許多人的幫助。他們提供意見，分享他們出版和創作繪本的經驗，並對故事的內容、構思和圖畫提出了改進建議，如此種種，我尤為感激。

作者小檔案

柴狐醫師（胡凱淋）

畢業於香港浸會大學中醫藥學院，並於香港大學主修中醫腫瘤學碩士課程；兼任臨牀診症及教學工作；是香港小兒推拿協會創辦人。

淡泊名利，甘願燃燒生命，以在香港推廣中醫兒科及小兒推拿治療。

小刺蝟近日睡眠較差，上學時難以集中精神。
於是，大刺蝟帶着小刺蝟來到一間中醫醫館。

小刺蝟今天是看中醫，而且還要進行第一次針灸治療。

這時，從診症室走出一隻針灸中的小兔子。

診症室

小刺蝟戰戰兢兢地問小兔子：「小兔子，
你害怕嗎？會不會痛呀？」

「我不害怕，
也不痛。」

但是，小刺蝟已經害怕得要昏倒了。

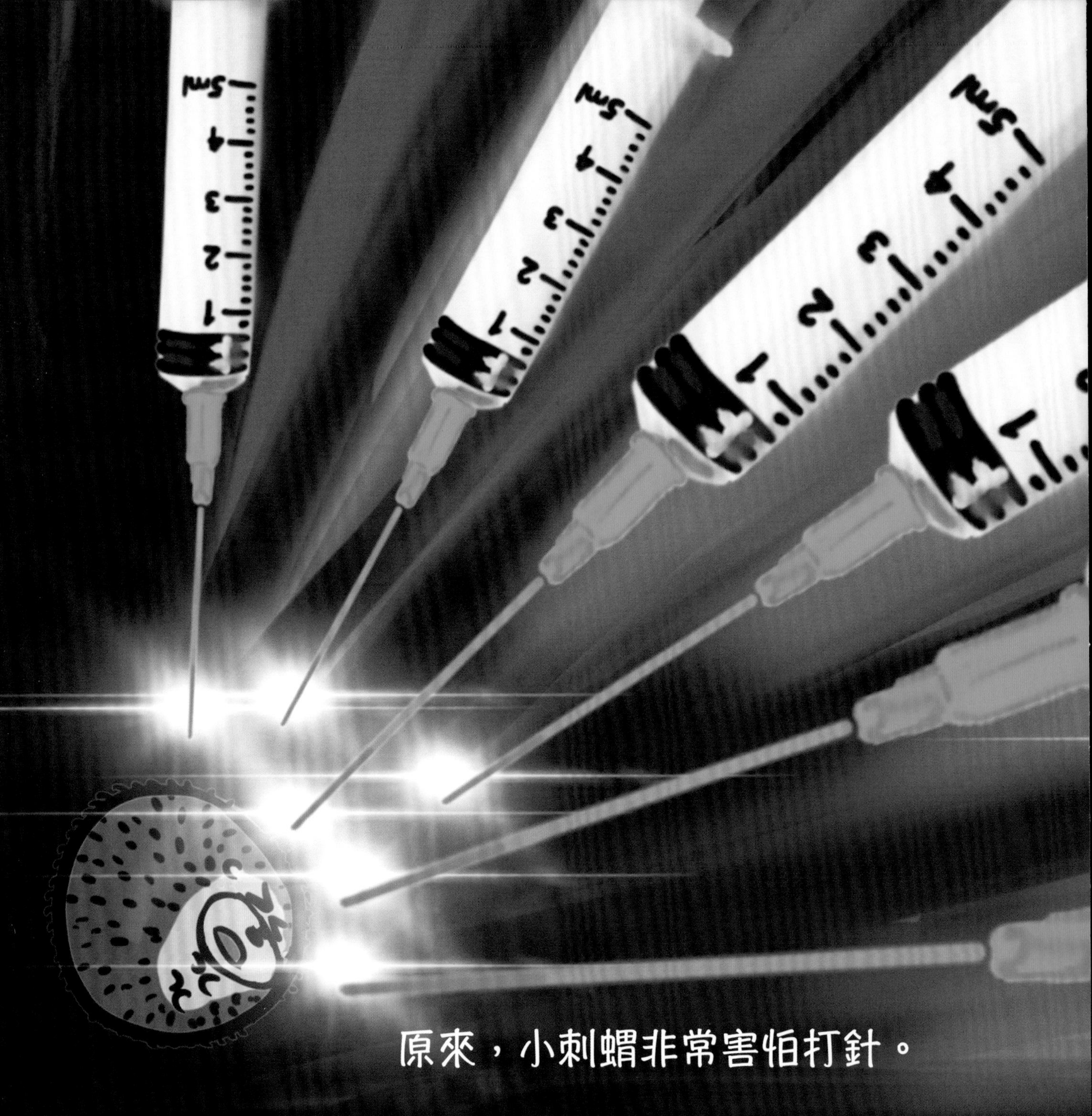

原來，小刺蝟非常害怕打針。

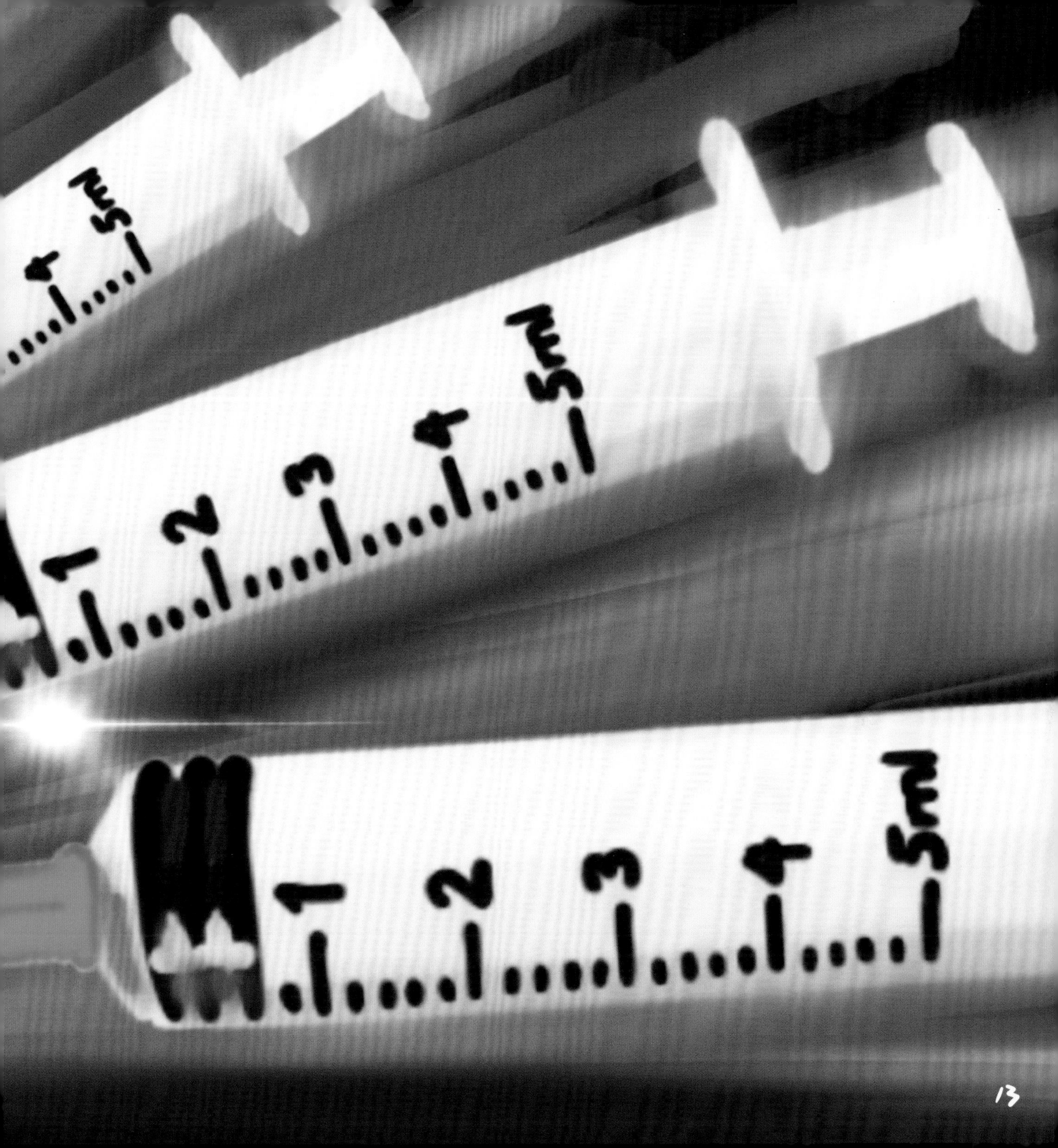
1 2 3 4 5ml
1 2 3 4 5ml
4 5ml

小刺蝟覺得針筒像一隻尖牙利齒的怪物 。

不用怕，我會
陪着你的。

噢……

　　大刺蝟繼續安慰小刺蝟：「針灸的感覺就像你平時不小心撞過來，被我身上的刺扎到一樣，不怎麼痛的。

頂多是失去重心，翻個筋斗！」

「你試試用掌心摸摸我身上的刺。雖然硬硬的，但不會很扎手，反而是癢癢的。」大刺蝟鼓勵道。

很好玩！

柴狐醫師笑着說：「打針和針灸是不一樣的。」

西醫的針筒

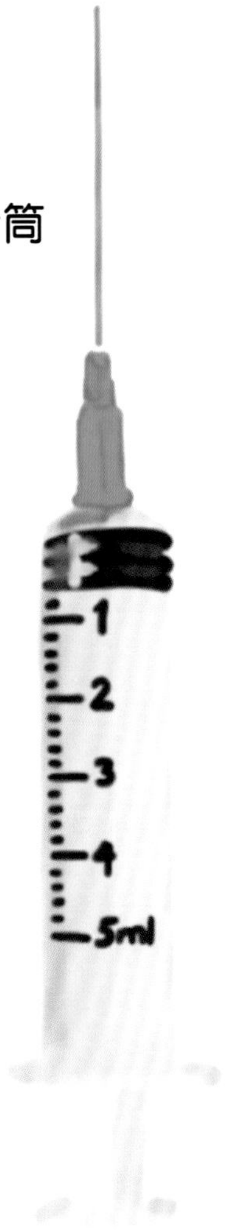

中醫的針灸針

「打針用的針筒要注射藥液，所以比較大，針體也比較粗；

針灸的針用來刺激皮膚穴位，
針體比較幼小，不會很痛的，
感覺跟被蚊子叮差不多。」

小刺蝟鼓起勇氣，下定決心進行針灸治療。

啊，很多
玩具啊！

柴狐醫師說，小刺蝟可以一邊進行針灸，一邊玩玩具，小刺蝟聽見後非常開心。

要開始
針灸了！
好緊張
準備。
超緊張
還沒下
針嗎？
扎
針

成功下針了！

原來，小刺蝟連醫師已經扎針也不知道呢！
小刺蝟真勇敢！接下來需要留針 30 分鐘。

留針期間，小刺蝟玩得非常開心，完全忘記扎在頭上的針。

30 分鐘過去，可以拔針了。

A
B
C

小刺蝟順利完成他的第一次針灸治療，精精神神地跟大刺蝟離開診所。

小朋友，
再見。
診症室

針灸是什麼？

針灸是使用中醫專用的針灸針（外形像縫補衣服的針），刺入皮膚，扎在經絡上的穴位，刺激身體氣血反應，做到治病效果。如果把身體比喻為一個大城市，經絡系統就是大城市的交通。例如：火車軌道是經絡，火車站是穴位，火車就是氣血。要確保火車運作正常，就要在火車站（穴位）上作調整（即是用針灸針刺穴位的方法）。

針灸可以治療的疾病範圍非常廣泛，包括肺系疾病如傷風、感冒、發燒；腸胃疾病如腹痛、便秘、泄瀉；骨傷痛症如頸椎病、脊椎側彎、腰痛、扭傷；皮膚病如濕疹，以至改善兒童腦部發展如自閉症、專注力不足等等。由此可見，針灸是中醫非常獨特的療法。